山鄉巨變

SHAN XIANG JU BIAN

山鄉巨變

第 三 冊

原著 周立波
改編 董子畏
繪畫 賀友直

上海人民美術出版社

內 容 提 要

　　第三冊講清溪鄉在鄧秀梅、李月輝、劉雨生等幹部的帶動下，面貌一新，大部分群衆都入了社。一些暗藏的不法分子還在暗地活動，利用少數私心重的人造謠言，搞破壞。但這一切並未擋住建社的步伐，僻靜的山鄉終於發生了巨變，隨着社會主義建設的洪流不斷推進，人們的思想觀念也隨之發生了重大的轉變。

一 第二天一早,秀梅便往秋絲瓜家走來。秋絲瓜正在院子裏喂鷄,看見她來,勉強起身打開了籬笆門,拿起一把掃帚,把滿院子的鷄鴨趕趕開,讓秀梅進去。

二 秀梅笑道:"你喂得不少。"邊說邊走進堂屋,四面看看,看見張桂貞坐在竈屋裏打草鞋,低着頭分明不想理人。秋絲瓜却吆喝他老婆:"你泡碗茶來嘛。"

三 他老婆提了個砂罐,倒了兩碗茶,放在桌子上。秀梅在一把小竹椅上坐下,轉彎抹角地談到了入社的事。秋絲瓜回答得很乾脆:"鄧同志,我加入過互助組,是吃了大虧才退出的。"

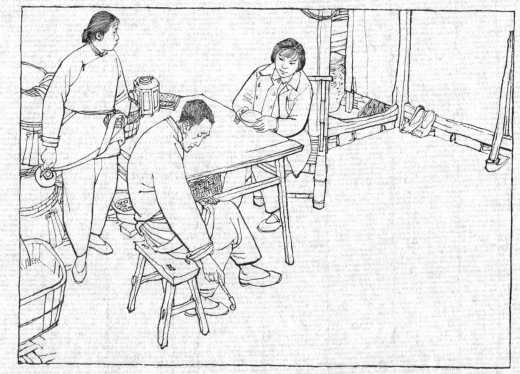

四 接着他訴起苦來,說那年他幫了人家,荒了自己的田,少打十多石穀子。秀梅說:"社跟組不同。"秋絲瓜說:"社更難辦,人多亂,龍多旱,搞得不好,連種子也收不回來。"

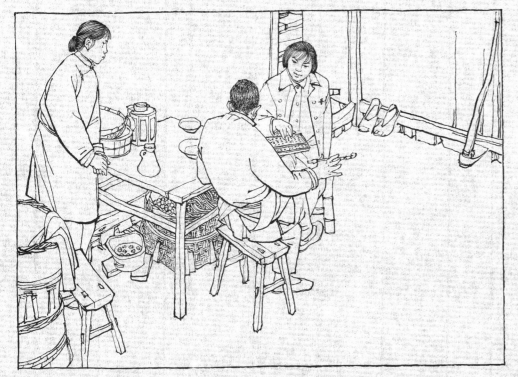

五 秀梅聽說他喜歡算賬,便把桌上的算盤拿來,撥了一撥說:"好吧,我們來算算你的家務賬。你家裏分了幾畝田?"秋絲瓜說:"一人一畝,我家五口人,分了五畝。"

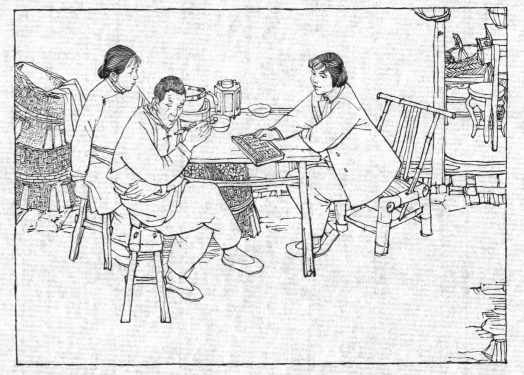

六 她算了產量,又算人工、肥料,算下來,一年不過收進十石糧。如果入社,人多力大,田裏都插雙季稻,至少可收個雙倍。秀梅一推算盤說:"你自己算,入社吃的什麼虧?"

七 秋絲瓜半閉着眼睛想了一會說:"祇怕社一辦起來,人多嘴雜,反而辦不好,萬一壞了事,肚子可餓不起。"秀梅站起來説:"壞事?有我們哩。你再想想吧,我們決不勉强你。"

八 秀梅看出秋絲瓜心裏有些活動,暗想:這種人祇有讓他自己把算盤打通了才行,不能操之過急,便起身告辭。走到籬笆門口,又回頭說:"你好好想想,我明天來聽回話。"

九 秋絲瓜回進堂屋，坐下來打算盤。賬，姓鄧的算得並不錯，可是誰能擔保社能辦好？他閉着眼睛，細細盤算，連符賤庚進來，也祇開眼望了一下，點點頭，又重新閉上了。

一〇 符賤庚溜進竈屋，迎着秋絲瓜老婆就叫嫂嫂。那女人明白他的來意，因此有意把話引到桂貞身上去："哪個是你嫂嫂？你心上人還没領你這個情哩！"癩子故意問道："我哪來的心上人？"

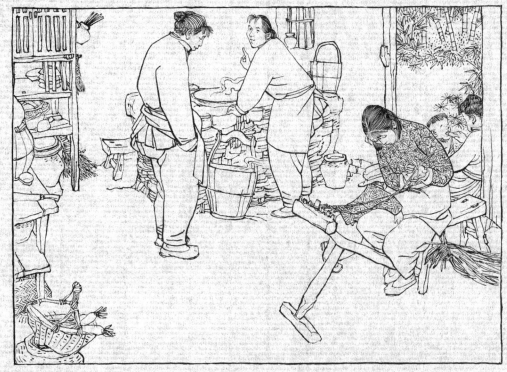

一一 桂貞祇低着頭，裝做專意打草鞋的樣子。秋絲瓜老婆却撇撇嘴，掃了他一眼："你心上沒有人？爲什麽一天來跑好幾回？爲的是什麽？"她巴不得他們早一點成功，好減輕家裏的負擔。

一二 符賤庚笑嘻嘻地說："我來借柴刀的。"秋絲瓜老婆從竈下拿出柴刀，往地下一撂說："給你，破缺了，要你賠新的。"又望望桂貞說："你不賠新的，我就向她要。"

一三 符賤庚得意地笑了,桂貞臉一紅,說了聲:"嫂嫂你說的什麼話?"便跑到菜園裏去了。符賤庚要去追她,秋絲瓜老婆向他使了個眼色,輕聲說:"你不要去,我給你去看看。"

一四 她提了隻六角籃,走進菜園,看見桂貞呆呆地站在地裏。秋絲瓜老婆一邊拔菜,一邊好像自言自語地說:"我看也算了,難得老符又不揀精挑肥,年紀輕,力氣足,性子也好……"

一五 桂貞心裏慌慌張張的。她想起離開了劉雨生,改嫁這個綽號癩子的符賤庚,覺得委屈;可是想到癩子家裏確沒有什麼人,又肯陪小心,一定能過幾天舒服日子,不禁嘆了一口氣。

一六 秋絲瓜老婆乘勢勸道:"老符說,祇要你答應,挑水、打柴、煮飯,什麼也不要你動手……"正說着,祇見亭面糊過來,忙住了口,拉了桂貞一把,進竈屋去了。

一七 亭面糊是往龔子元家裏去的。他一邊走，一邊運神："天下窮人是一家，不管鄉親不鄉親，窮幫窮，理應當……"他又默神："非親非故，平日又沒得來往，總不能一跨進門，就勸他入社吧？……"

一八 他低下腦殼，看見路邊一些藍色和白色的野菊花，想起龔子元會挖草藥，肚裏便有了主意。

一九 龔子元的茅屋,坐落在一座松林山邊上。外邊來了人,站在堂屋裏,老遠就望得見。當亭面糊走近村子西邊的時候,就被龔子元夫婦看到了。

二〇 龔子元一見他進來,就招呼道:"老亭,稀客呀,今天怎麼捨得過這邊走走?"亭面糊按照既定的程序說:"我想請你挖服草藥子,我的腰老痛。"龔子元滿口應承:"那好辦。"

二一 他吩咐堂客燒茶,一面泛泛地説:"天有點凉了。"一面暗暗地留神,察看對方的臉色。亭面糊説:"還好,還没進九,一到數九天,就有幾個扎實的冷天。熱在三伏,冷在三九。"

二二 談了幾句,話就停止了。

二三 亭面糊没話找話地發問:"你喂了猪嗎?""有隻架子猪,跟我女屋裏繳夥喂的。""你女屋裏在哪裏?""在華容老家。"……龔子元暗想:光要點草藥,不是這神色,看樣子,一定還有別的事。

二四 談了幾句,話又停止了。

二五 龔子元又想：這面糊，既然送上門來了，就不能輕易放過。跟他交一個朋友，將來，他比符癩子還要有用些。他家裏住了個幹部，消息靈通，從他口裏，會透露點什麼，也説不定。

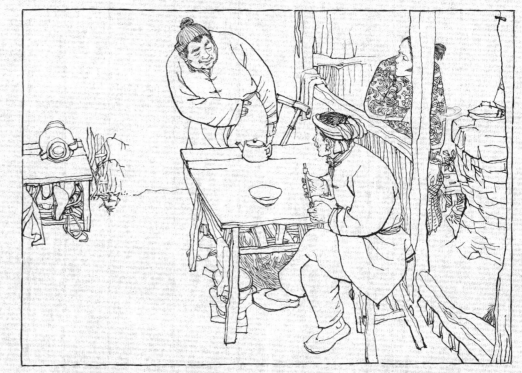

二六 接着就笑嘻嘻地説："佑亭哥，你來得正好，昨天是賤內的小生日，女屋裏送來一隻燻鷄，一塊臘肉，還有兩瓶鏡面酒。"他知道亭面糊十分好酒，説到鏡面，故意把聲音放慢。

二七 一聽到酒，面糊笑得嘴都合不攏，早把勸人入社的任務丟到九霄雲外去了。龔子元進屋拿出瓶酒來，說："老兄，你是輕易不來的稀客，要不嫌棄，陪你喝幾杯，祇是沒得菜咽酒。"面糊嘴裏客氣，祇是坐着不走。

二八 隔了一陣，龔子元堂客擺出酒菜來。亭面糊說："這又如何要得呢，壽還沒拜？"龔子元把客人讓到賓位："不要客氣，請吧。"亭面糊端起酒杯，抿了一口。

二九 龔子元讓過菜,問:"酒還可以吧?"亭面糊一邊夾片辣蘿卜,作咽酒菜,一邊說:"是真正的老鏡面。你老兄的命真好,有這樣好女。"

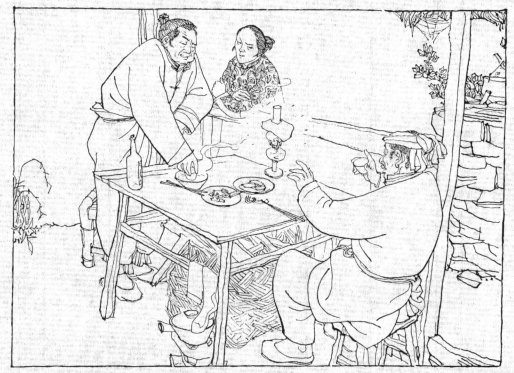

三〇 一連幾杯冷酒,灌得面糊微帶醉意,話多起來了。他談起他大女兒出嫁時的窮困,談起他婆婆的好心。龔子元心裏暗笑:你婆婆心好,關我什麼事?但不流露在臉上。

三一 他心裏又想：這傢伙醉了，索性再灌他幾下。就笑着給他斟酒。面糊說："不行了，酒確實有了，不能再來了。"嘴裏推辭着，手却把杯子凑過去。

三二 又是幾杯下肚，面糊滿臉通紅，舌子打硬了。龔子元趁勢問道："聽說你家客常不斷？"面糊回道："幹部住在家裏，不算是客，家常便飯，也不算招待。糧票飯錢，他們都照規定付，分文不少。"

三三 "現在住了什麼人?" "一位女將。" "縣裏來的?" "街上來的,也常到區裏。摸不清她是哪裏派來的,沒有問。"龔子元怕過於顯露,沒有再問,裝做耐煩地聽面糊東扯西拉,間或插一二句嘴。

三四 面糊開了話匣子,滔滔滾滾,說個不完。說起他從前抬新娘轎子的事,又說: "我婆婆是個好人。不瞞你老兄,我這人就是有一個脾氣,容不得壞人。如果我婆婆不好,我寧可不抬轎,不吃喜酒。"

三五 説到這裏，他喝口酒，抬起頭來，盯住龔子元的臉説道："我這個人，就是容不得壞人。"龔子元聽到他重複這句話，心裏一驚。

三六 隔了一陣，等到稍許鎮定了，心裏火又上來了。他暗中惡狠狠地盤算："再灌他幾下，叫他慢點跌到老勘底下白水田裏，絆死這隻老牛子。"

三七 主意定了，就叫堂客把酒再温一温。堂客走到他身邊，嘴巴湊在耳朵上，悄悄地説："外邊埲裏有手電閃光。"

三八 龔子元這才想起自己眼前的處境，覺得已經有人在留心他了。他想，面糊對他正有用處。現在面糊既然用手遮住酒杯口，埲裏又有手電光，也就算了。吩咐堂客上飯。

三九 吃完了飯,面糊抽了一袋烟,又講了一陣,才向主人道謝告辭。他把勸人入社的任務,忘得一乾二净了。

四〇 亭面糊身子摇摇擺擺地走到塅裏一條小田塍路上,臉上被冷風一吹,酒在肚裏發作了。路很窄,他的腿發軟,一脚踏個空,連人帶烟袋,滚到老勘底下白水田裏。

四一 面糊的右脚踝碰在老勘边一块石崖上,痛入骨髓。爬又爬不上去,不由得哼出声来了。忽然,远处塅里闪过一道手电,有人大声喝问:"那边是哪个?"面糊恶声恶气地回答:"是老子!"

四二 原来是盛清明和两个民兵正在这儿巡哨,连忙跑了过来,一问,才知道是佑亭伯伯。他们把他拉了上来,清明又替他取上了烟袋。

四三 大家扶着他往家走。盛清明見他酒氣衝人,說:"你醉得厲害。"可是他說他沒有醉,又嘮嘮叨叨說起來。說着,酒性發作了,哇的一聲,把剛才吃進去的酒和菜,都嘔出來了。

四四 到了家,面糊婆婆趕緊把醉漢托住,細聲細氣說:"真是要命,在哪裏吃酒,醉得這樣?"盛清明代他回答:"在龔子元家。"又叫伯娘衝碗白糖水給他吃,說完就走了。

四五 亭面糊糊裏糊塗睡了一宵醒來,想起夜裏的事情,因爲喝醉酒却把勸人入社的正事耽誤了,不好交差,他趁着秀梅沒起牀,又跑到龔家去。龔子元的堂客朝裏說:"快起來吧,人家又來找你了。"

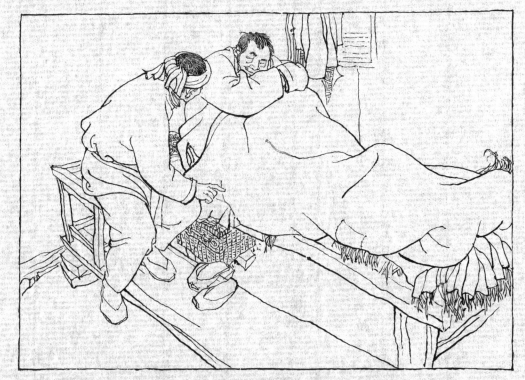

四六 龔子元招呼他進來。面糊抱歉地說:"對不住,我們還有點首尾,吵醒你的瞌睡了。"接着,就轉彎抹角地談起入社的事,說:"我在鄧同志面前誇下了海口,你入了吧,老兄,我好去交差。"

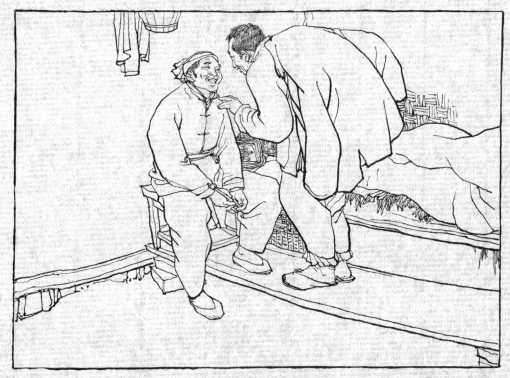 

四七 龔子元一面聽着,一面穿衣下牀。不時插上一二句,打聽鄧秀梅的情況。聽完了,崩脆地答應道:"看你面上,我入。"亭面糊喜歡飽了:"好極了。我馬上去告訴老鄧,說你是個明白人。"

四八 夫妻倆送到門口,龔子元說:"有空過來打講。"亭面糊說:"嬸子有空也到咱家走發走發。"龔子元認爲是個機會,立刻用肘子撞撞堂客。他女人會意,高聲回道:"改天一定去看望伯娘。"

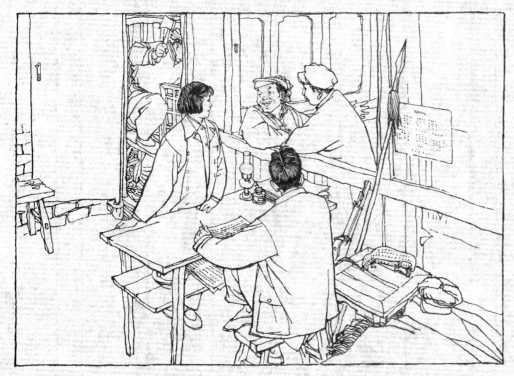

四九 亭面糊心裏得意，徑自來到鄉政府。一見鄧秀梅和李月輝，便笑嘻嘻地嚷着："老龔入社了，託我代他申請！"

五〇 李月輝笑着說："老亭哥的面子不小啊！"面糊說："老龔這個人爽快，到底是貧農。我一開口，他說，好，看你面子，我入！"但他把頭天夜裏吃醉酒跌在老勘底下的事全隱瞞了。

五一 秀梅笑了笑,就把龔子元的名字登記了。

五二 過了一會兒,秀梅便到秋絲瓜家來。秋絲瓜正趕着黃牛在塘邊喝水。秀梅問他打定了主意没有。秋絲瓜眼望着黃牛,緩慢地說:"夜裏我想過了,我還要看一陣。"

五三 秀梅頓了頓説:"入社强不强,昨天不是跟你算清楚了嗎?今天你變了卦,又是聽了哪一個的話了?"秋絲瓜臉一紅,連説:"没有,没有。我祇是想再看一年。"

五四 秀梅心裏有火,却平静地説:"好吧,不過遲入了你要後悔的。"説着,轉身就走。秋絲瓜牽着黄牛跟上來説:"鄧同志,我再想想。也許把分來的五畝田交給社裏,留下自己開的那點山地。"

五五 再說，龔子元登記入社以後，他的堂客在上鄰下舍漸漸地出頭露臉，放肆走動了。聽從男人的指點，她常常到面糊家去，借東借西，跟盛媽打交道。

五六 這天，她又到盛家借篩子，偏巧面糊一家大小都不在。她繞到秀梅臥房前，在窗紙上挖了個小洞，看到桌上有份文件，角上寫着："山林問題很複雜，沒有充分準備，暫時不要輕率處理……"

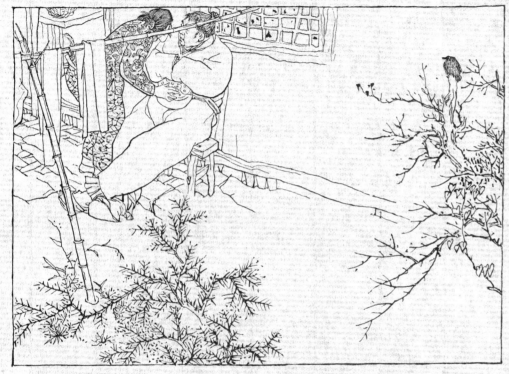

五七 她連忙趕回家,把看到的一五一十告訴龔子元。龔子元聽了,一會兒點頭,一會兒含笑,嘴裏重複地念着:"山林問題很複雜……"

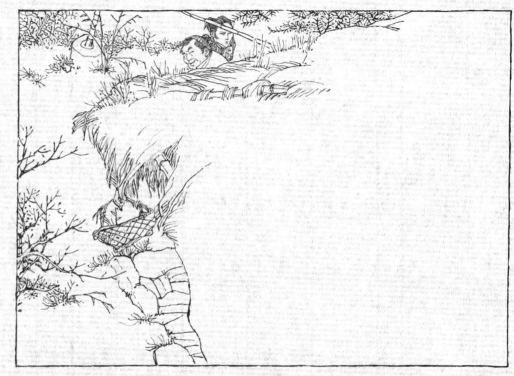

五八 忽然,後山裏傳來一陣柴禾響,他叫堂客上山去看看。堂客去了一轉,回來說是符癩子正在山裏砍柴禾。龔子元枯起眉毛說:"你去要他進來歇歇氣。"

五九 他轉念一想：還是我自己去看看吧。隨手拿起一根扦擔和一把柴刀，走向後山去。

六〇 他砍了幾把柴，伸了伸腰，走到堤溝邊，坐在堤上，朝着符癩子方向大聲說道："姓符的，你也不歇歇氣呀。"符癩子一見是老龔在招呼他，連忙走了過來。

六一　龔子元故意拿張桂貞逗他,然後又談起明年的茶子將是個大豐收。說到"可惜的是……"忽然把嘴穩住了。

六二　符癩子驚異地問:"可惜什麼?""聽說山要無代價地歸公。"符癩子已和張桂貞結了婚,却欠下了一筆賬,總想山裏邊有一點出息,來填補虧空,如今聽說茶山要歸公,不啻晴天一聲霹靂。

六三 符癞子追问道:"山要归公? 真的吗?""都在这么说。听说树也不能由私人砍了,社里卖给人家了。""我不信。"龚子元说:"我也本来不信的。"

六四 话说到这里,两人走开了。符癞子心灰意懒地担起一担柴禾,边走边说:"我不信这话。"龚子元平静地回答道:"我也本来不信的。"符癞子回到家里,立刻把"山要归公"透露开了。

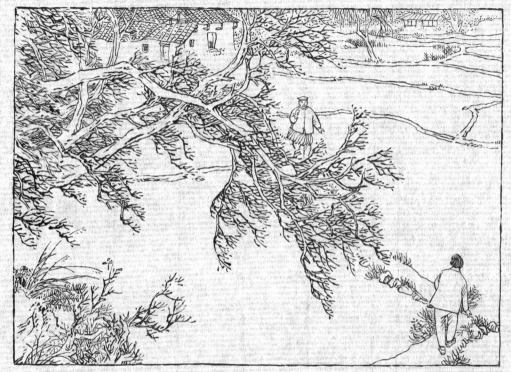

六五 這天早上,秀梅往鄉政府走來,祇見李月輝的腳步比平常快了些,隔開幾步就開了口:"又有謠言了,說山要無代價歸公。群衆受了騙,把樹砍倒了不少。"

六六 秀梅吃了一驚,說:"要想法制止呀。"月輝說:"全鄉民兵已經上山去解釋、勸阻,可是還沒有制止得住。我現在要去看看,你一起走吧。"

六七 兩人爬上一個山頭，祇見方圓十多里，滿山滿嶺都有人在砍樹。民兵勸住了這裏，那裏又砍，阻止了那裏，這裏又鋸。那些茶、松、杉、楓、栗，已經砍倒了不少。

六八 秀梅鎖起雙眉，想了一會，說：「馬上召集幹部開會。」李月輝叫過幾個民兵，吩咐了；民兵就跑向四山去通知。

六九 月輝和秀梅走下山,路上碰到好多人,手裏提着鷄、鴨子、鷄蛋。秀梅驚訝地問:"你們到哪裏去?"婦女們回道:"不是說鷄鴨要入社,蛋要歸公嗎?"秀梅說:"哪一個說的?沒有這個話。"

七〇 他們見是縣裏來的幹部說的話,將信將疑。一個婦女說:"還聽說入了社,婦女走人家,也要請假,有這個話嗎?"秀梅說:"全是造謠,沒有鄉政府通知,不要相信。你們回去吧。"

七一 秀梅和月辉走到乡政府,祇见已经挤着许多人,都在打听消息,乱哄哄地说着话:"山入了社,要根柴火也要政府开条子,麻烦死了。""我屋面前那几根杉木,要留着做寿材的……"

七二 他们一见李月辉,都拥挤上来,七嘴八舌地问话。月辉无法一一回答,祇得拿过一条高凳,往上一站,声音放大了些,但是还是慢吞吞地说:"山不入社,你们不要相信谣言。"

七三　群衆向來信任李主席，又聽他扼要地說明了社裏的規章，心裏有了底，漸漸散走了。有人還罵着："哪一個沒良心的，亂造謠言，害老子跑這一趟！"

七四　一個身體結實的婦女擠了過來，叫了聲："李主席。"他一看是盛佳秀，便問有什麽事。盛佳秀說："我家裏沒有男人，什麽事都靠自己，一入社，我……"月輝道："你放心吧，別信人家瞎說。"

七五 那时,乡干部陆续来了,月辉要去开会,可是盛佳秀缠住了他不放。她诉说是谢庆元强迫她入社的,现在许多人说农业社靠不住,所以要想退社。

七六 厢房里已经在叫开会了。李月辉心慌意乱地劝着盛佳秀:"我叫刘雨生来看你吧。他是全乡数一数二的好人,顶可靠。你有什么疑问,可以问他。"好容易才把她劝出了门。

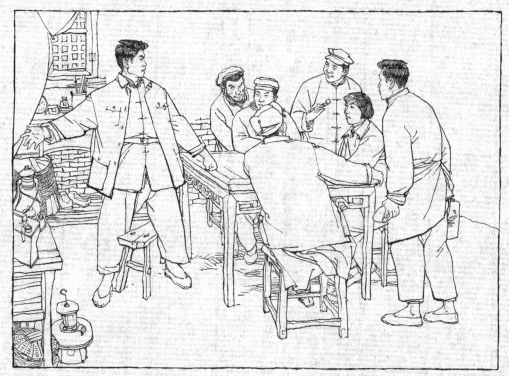

七七 月輝匆匆走進厢房,參加緊急會議。陳大春氣憤憤地主張:"把砍樹的捆幾個! 不然,制止不住。"月輝抽了口烟,慢聲慢氣地說:"捆人是不許的。"

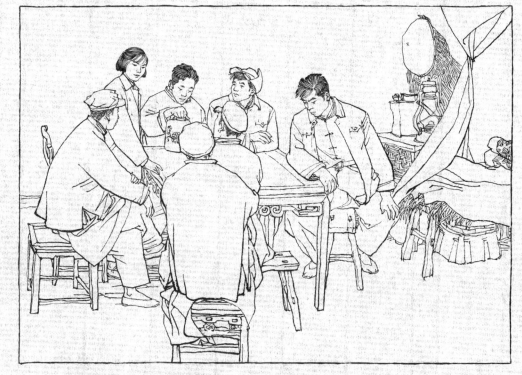

七八 大春說:"不捆? 茶山要敗光了。菊咬金砍得最多,先逮他!"秀梅認爲這是個羣衆性問題,便說:"逮人不能解决,祗有耐心說服。我主張黨團員、民兵,分頭上山,祗許動口,不許動手。"

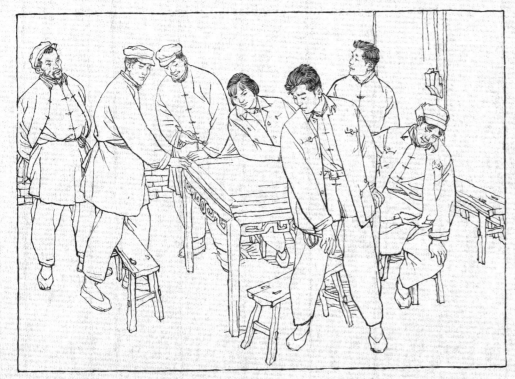

七九 李月輝馬上動手分配,哪些人管哪些村子、山場和屋場。分配停當,會議就散了。陳大春起身要走,月輝看見他棉襖下邊露出一截麻繩,忙叫道:"大春,趕快給我把繩子解下來。"

八〇 大春衹得解下麻繩,擇給李月輝,口裏嘀嘀咕咕:"茶子樹都敗光了,破壞了國家油料作物,這不算犯法,還不許捆人。"

八一 傍晚時候,上山勸阻砍樹的幹部回來了。陳大春牽進一個人來。李月輝吃驚道:"你怎麽又捆人?"

八二 大春把人拴在柱子上,説:"你看看,這是個什麽人?謡風是他放出來的,也説不定。"李月輝一看,這人不是本鄉的,便問:"老弟,你是哪裏人?爲什麽偷樹?"

八三 那人不慌不忙地說:"我是串門灣人,來搞幾個零錢用。"大春兩眼冒火地問:"謠風是你放的吧?"那人說:"什麼謠風?我沒有放什麼謠風。"

八四 李月輝說:"你放不放,我們查得出來的。現在料你也累了,到後面去休息一會。"大春解開繩索,把賊押走時,那人望望地下的斧子,叫道:"把斧子還給我。"

八五 大春推了他一個跟蹌："還你？讓你再來砍樹？"把他押到後面，拴在屋柱上。

八六 大春出來彙報情況，認爲這傢伙形迹可疑，可以在他身上追究謠風。治安主任盛清明却說："有些群衆反映，謠言是符賤庚放出來的。"

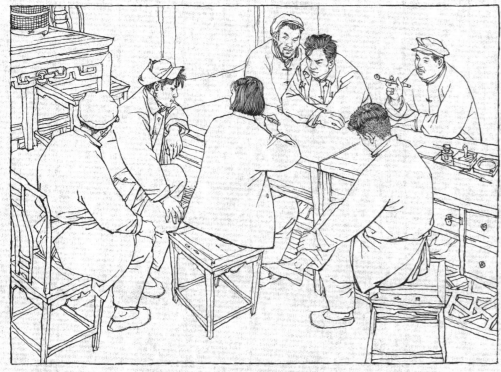

八七 李月輝說:"是符賤庚就與秋絲瓜有關係。"清明說:"秋絲瓜跟龔子元有來往,近來,符賤庚也常在後山跟龔子元會面。不過龔子元已經申請入社,倒也奇怪。"

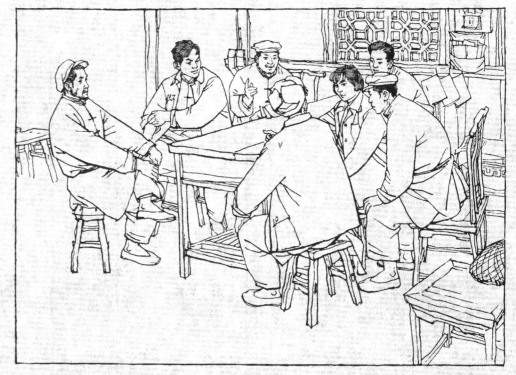

八八 秀梅默默聽了一會說:"很值得注意。現在先把謠風制住,我們要慢慢挖根。"清明說:"你們看串門灣那個傢伙,跟秋絲瓜他們有沒有關係?"

八九　李月輝笑道："倒把他忘了，快提過來問問。"大春對於押人、審訊，都有興趣，連忙捲了捲袖口，向後面跑去。

九〇　大春跑到後面，抬眼一望，大吃一驚。屋裏空蕩蕩的，索子還拴在屋柱上，偷樹賊跑得無影無踪了。

九一　大春一叫嚷，大家奔進來看，發現通場地的一扇小門打開了，那個偷樹賊是從這裏大搖大擺出去的。大春喪氣說："忘了把小門從外面反鎖。"李月輝說："你這是牛欄裏關貓。"

九二　大家回到會議室，鄧秀梅說："這下難搞了，謠言的來源到底在別處還是在本鄉，搞不清了。"她催李月輝打個報告到區裏，叫他們迅速轉告串門灣，調查這個人。

九七 劉雨生知道老謝這次沒有選上正主任,心裏在着惱。當天晚上,他找到老謝家裏,跟他談心。老謝說:"我哪,沒有人看在眼裏。"劉雨生糾正他:"這話不對,你是黨員,應該主動找工作。"

九八 老謝紅脖漲臉地說:"我沒有請你來訓我!"劉雨生毫不動氣,還是小聲小氣在勸他。可是老謝不聽,站起來靠着門吸烟,把雨生冷落在半邊。

九九 雨生眼看講不攏，祇得告辭。慶元老婆對丈夫說："依我的火性，社也不入。"老謝搖搖頭："不入不行，黨員嘛，應該帶頭。我祇不服他們的做法。"

一〇〇 劉雨生把老謝的事跟鄧秀梅商量。秀梅說："算了，先不要理他，量土組讓大春帶吧。"劉雨生說："他組裏還有盛佳秀一戶，纏着要退出，到現在還沒有說服。"

一〇一 秀梅不由得同情這個被人遺棄的婦女,又想起前天李月輝說起,張桂貞已經改嫁給符賤庚了,忽然得了一個主意。她要雨生去看盛佳秀,好好把農業社問題解釋解釋,讓她安心。

一〇二 雨生點頭說:"我再去一次吧。其實,她勞力強,入了社,還能帶動婦女。還有,我們替社起了個名,叫'常青',四季常青,季季都有收成。"秀梅笑笑說:"你想收四季了?"

一〇三 劉雨生扳着指頭："夏秋兩季收水稻，冬春兩季收雜糧；將來科學發達，農作物快生快長，不但季季收，還能月月收哩。"秀梅說："你眼睛近視，心倒飛得遠。"又叮囑他就去看盛佳秀。

一〇四 兩人分手後，劉雨生就往盛佳秀家裏去。忽然他覺察到鄧秀梅要他去的用意，不由得臉上有些發燒。心裏遲遲疑疑，脚底下却沒有停。走到盛家，正在餵猪的盛佳秀連忙出來招呼。

一〇五 雨生進竈屋坐了,望望盛佳秀,又起想秀梅的用意,不覺有點慌亂,扯些喂猪的事,半天也談不到正題上去。盛佳秀聽他說得吞吞吐吐,抬頭看了他一眼,心裏也有點覺察,臉不由得紅了。

一〇六 雨生連忙鎮定了一下,提到了她的退社問題。盛佳秀說:"雨生哥,我衹信得過你,可是别人我就不放心。"雨生說:"你有什麽不放心的,我聽聽。"

一〇七 盛佳秀拿出針綫盤,一邊做鞋子一邊提問題:好田壞田怎麽劃分啦?田入了社,家裏要點南瓜芋頭往哪裏種啦?碰到懶漢怎麽辦啦?劉雨生細細緻緻地一一解釋了。

一〇八 盛佳秀不時抬眼望望他,似乎没有什麽問題了。雨生説:"你退不退,乾脆給我一句話吧。"盛佳秀欠起身子略含嬌意地笑了笑説:"這樣吧,我再想一想,你明天來聽信。"

一〇九 從這天起，雨生一連到盛家去了幾次，盛佳秀總是提出些問題，劉雨生總是細細密密地解釋。雙方都像沒有新的話要說，又都願意在一塊多呆一會兒。到第四天，盛佳秀答應不退社了。

一一〇 劉雨生起身告辭，盛佳秀送到外面，又叫了聲："雨生哥。"雨生停住腳，回頭看了她一眼問："還有事情嗎？"盛佳秀臉上透紅，頓了頓說："以後再談吧。雨生哥，有空常來開導開導我。"

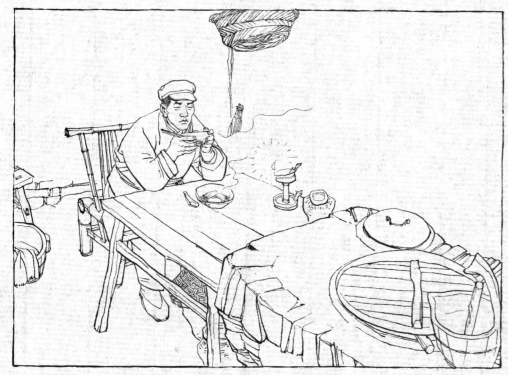

一一五 他想,一定是媽媽來過了,便點起燈來,一邊吃飯,一邊又想:媽媽來了,怎麼又走了?她哪裏來的葷菜?況且門鎖着,她怎麼進來的?

一一六 這一連串疑問沒有解決,可是這幾天農業社正在準備開成立會,還有許多事情要忙。雨生把這件事擱在一邊,急急忙忙吃了飯,鎖上門,又出去了。

一七 不料一連三天，天天有人給他煮好了熱飯和熱菜，這就不由得劉雨生不奇怪了，跑去悄悄告訴鄧秀梅和李月輝。秀梅想了一想，忽然微微一笑。

一八 月輝慢吞吞地說："我看這是狐狸精。可是為什麼不來找我。我也想吃些臘肉呀。"劉雨生說："什麼精，什麼怪，共產黨員還迷信。我倒怕是壞分子。"

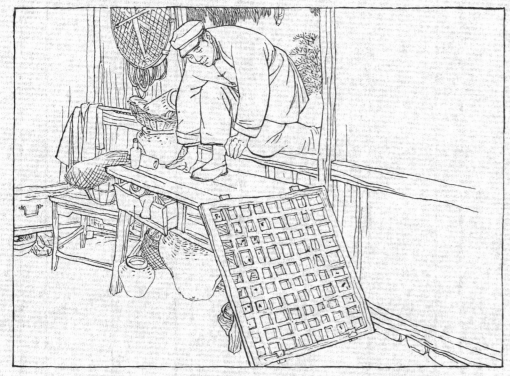

一二一 這天,雨生辦完正事,提早回家,打開鎖,推開門,屋裏沒有動靜,飯也沒有煮。他移開了窗上的木栓,重新出去鎖上門,從窗子裏跳進屋,關上窗,坐在窗下靜靜聽着。

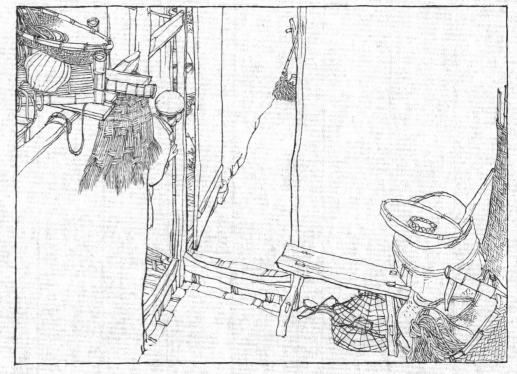

一二二 夜飯時候,聽見有人踏着落葉,窸窸窣窣走了過來,一個人影在窗前一閃過去了。雨生從竃屋的壁縫裏往外一望,祇見那人脫下了一隻鞋,把銅鎖兩邊連拍幾下,鎖就開了。

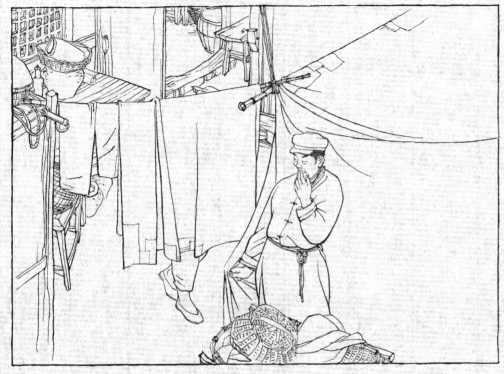

一二三 雨生連忙掩進房裏,躲在帳子的背後,聽見竃屋裏打水和生火的聲音。一會兒,一股烟味飄進房來,那人拿了個淘桶,走進房來量米。

一二四 那人弓下身子,忽然看見牀後露着一雙男人的布鞋脚。嚇得叫了聲"啊喲",跳起身往外就跑。

一二五 刘雨生连忙赶出,跳到房门口,一把拦住,连声说:"不要怕,不要怕,是我,是刘雨生。"

一二六 那人喘着气说:"啊哟,吓死我了;吓死我了。"一边说,一边软软地靠在雨生怀里。雨生欢乐地说:"佳秀,是你呀!天天给我煮饭,我不知该怎样谢你哩。"

一二七　盛佳秀歇了一陣氣，才覺察靠在別人懷裏，頓時羞得滿臉通紅，飛身就跑。雨生叫："慢點跑，仔細絆跤呵。啊，謝謝你呀。"佳秀回了一句："哪一個要你謝！"飛快不見了。

一二八　這一天雨生自己煮了夜飯，可吃得非常滿意。第二天到鄉政府，李月輝就問："妖精捉住了沒有？"雨生笑道："捉住了，果然是她。"

一二九 從此,劉雨生的眉頭開了,工作更上了勁。在準備工作完成的時候,支部開了會。李月輝報告到"全鄉四百零九户,入社三百十二户,已經超過上級的指標"時,大家臉上都添了一層光彩。

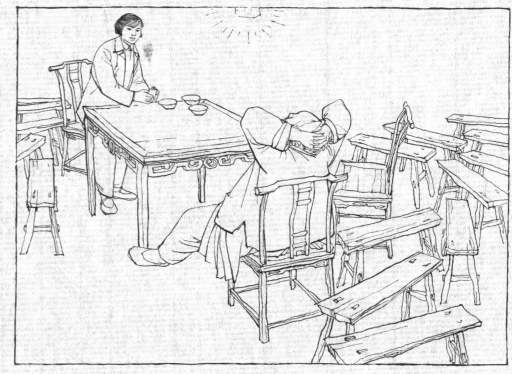

一三〇 會議總結了工作的成績和缺點,規定在1956年元旦,五個社聯合舉行成立會。散會以後,李月輝伸了個懶腰。秀梅看他是輕鬆一下的樣子,忙説:"李主席,我們再談個事。"

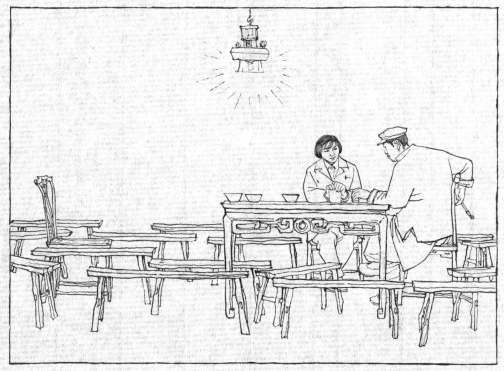

一三一 秀梅笑了笑說:"我們還不能放鬆呵。謠言的根還沒挖到,龔子元的情況也沒摸清,黨內謝慶元的思想問題也要解決。"月輝說:"哪裏會放鬆,建社以後,件件都要做。"

一三二 他們談到深夜,把社裏社外的問題都談到了,李月輝點了個杉皮火把,送秀梅回去。月輝望望月光下面的山林,笑道:"這一個月,變化不小。"秀梅深思地說:"要變,將來還要變。"

一三三 元旦清早,盛清明指揮的鑼鼓隊已經在鄉政府門前敲起來,看見李主席來了,更敲得震天響。李月輝大聲問:"你曉得吧,城裏工人要派代表來?"盛清明點點頭:"我們這就是迎接他們的。"

一三四 李月輝走進屋裏,淑君帶一夥姑娘忙着掃屋子,擺桌椅,貼標語,看見他就嚷:"李主席,我們演個戲吧?"月輝笑道:"行行,歡迎淑君和大春演一個'劉海砍樵'。"

一三五 淑君撅着嘴巴說:"我才不演哩。"月輝說:"大春來邀,你就演了。你看,這不是大春來了。"大家抬頭一看,祇見大春捐了面大紅旗,向月輝說:"歡迎隊伍馬上出發了。"

一三六 鑼鼓聲漸漸遠去了,鄉政府裏熱鬧起來,亭面糊挑了一擔柴來,興冲冲地說:"李主席你們烤火吧,柴多火焰高。搞社會主義,不能讓你們冷得縮手縮脚的。"

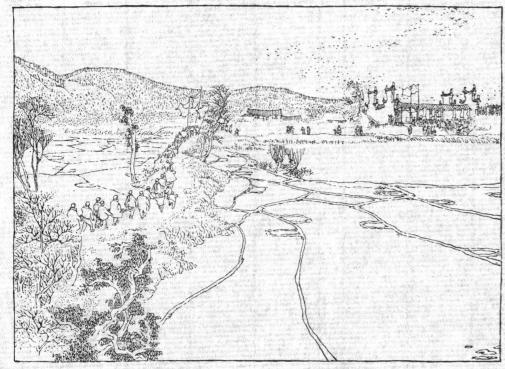

一三七 過了一會,外面傳來鑼鼓響,孩子們都向外跑去,鄧秀梅、李月輝和劉雨生也出來迎接。祇見幾面紅旗打頭,工人代表和歡迎隊伍擺着一字長蛇陣,正在過來。

一三八 大春緊跑了幾步,拿了個裝了火藥的三眼銃,等隊伍走到場地就點了火,轟轟三響,把鳥雀嚇得亂飛。鄧秀梅幾個人搶步上前,跟工人代表握手問候。

一三九 工人們把三臺禮盒抬進廳堂。人們圍攏來看,盒裏裝着犁頭、鋤頭、鐮刀、足球、籃球、乒乓球、羽毛球……亭面糊拿起一把鋼犁頭,正在稱讚,忽聽又是三響銃聲,嚇了一跳。

一四〇 接着響起小炮仗和鑼鼓聲。司儀盛清明宣佈開會。李主席走上講臺,扼要地說了開幕詞。一陣掌聲以後,工人代表走到講臺前面,把一張大紅紙的禮單,雙手遞給李主席。

一四三 她的眼光掃過全場,也掃過符賤庚和他旁邊一個漢子身上。她大聲說:"我們要把我們的江山保得像鐵桶一樣!"人群裏有人叫着:"對啊,要像鐵桶一樣!"

一四四 鄧秀梅在一片掌聲中走下講臺。會議就在鑼鼓聲裏結束了。送走了工人代表以後,男女老少漸漸地散了。鄧秀梅和李月輝看看向山野裏擁去的、生氣勃勃的人們,都感到無限的欣喜和激動。